L'UOMO NERO

L'UOMO NERO

Emily Cravalho

aldivan teixeira torres

Contents

L'UOMO NERO
Emily Andrade Cravalho
L'UOMO NERO

Da: *Emily Andrade Cravalho*
2020- Emily *Andrade Cravalho*
Tutti i diritti riservati
Serie: Le sorelle pervertite

Questo libro, comprese tutte le sue parti, è protetto da copyright e non può essere riprodotto senza il permesso dell'autore, rivenduto o trasferito.

Emily Andrade Cravalho, nata in Brasile, è un'artista letteraria. Promesse con i suoi scritti per deliziare il pubblico e portarlo alle delizie del piacere. Dopo tutto, il sesso è una delle cose migliori che ci sia.

Dedizione e grazie

Dedico questa serie erotica a tutti gli amanti del sesso e pervertiti come me. Spero di soddisfare le aspettative di tutte le menti folli. In-

izio questo lavoro con la convinzione che Amelinha, Belinha e i loro amici faranno la storia. Senza ulteriori indugi, un caldo abbraccio ai miei lettori.
Buona lettura e un sacco di divertimento.
Con affetto, l'autore.

Presentazione

Amelinha e Belinha sono due sorelle nate e cresciute all'interno del Pernambuco. Le figlie dei padri contadini sapevano presto come affrontare le feroci difficoltà della vita di campagna con un sorriso sul viso. Con questo, stavano raggiungendo le loro conquiste personali. Il primo è un revisore delle finanze pubbliche e l'altro, meno intelligente, è un insegnante comunale d'istruzione di base in Arcoverde.

Anche se sono felici professionalmente, i due hanno un serio problema cronico per quanto riguarda le relazioni perché mai trovato il loro principe azzurro, che è il sogno di ogni donna. Belinha, venne a vivere con un uomo per un po'. Tuttavia, è stato tradito ciò che ha generato nel suo piccolo cuore traumi irreparabili. Fu costretta a separarsi e promise a sé stessa di non soffrire mai più a causa di un uomo. Amelinha, poverina, non riesce nemmeno a fidanzarci. Chi vuole sposare Amelinha? Lei è una bruna sfacciata, magra, altezza media, occhi color miele, culo medio, seni come cocomero, petto definito al di là di un sorriso accattivante. Nessuno sa quale sia il suo vero problema, o meglio entrambi.

In relazione alla loro relazione interpersonale, sono molto vicini a condividere segreti tra di loro. Dal momento che Belinha fu tradita da un farabutto, Amelinha prese le pene di sua sorella e si mise anche a giocare con gli uomini. I due divennero un dinamico duo conosciuto come Sorelle pervertite ". Nonostante ciò, gli uomini amano essere i loro giocattoli. Questo perché non c'è niente di meglio che amare Belinha e Amelinha anche per un momento. Vogliamo conoscere le loro storie insieme?

L'UOMO NERO

L'uomo di colore

Amelinha e Belinha, così come grandi professionisti e amanti, sono belle e ricche donne integrate nei social network. Oltre al sesso stesso, cercano anche di fare amicizia.

Una volta, un uomo è entrato nella chat virtuale. Il suo soprannome era "Uomo Nero". In questo momento, presto tremò perché amava gli uomini neri. La leggenda dice che hanno un fascino indiscusso.

— Ciao, bella! - Hai chiamato l'uomo nero benedetto.
— Ciao, va bene? - Ha risposto l'intrigante Belinha.
— Tutto alla grande. Passa una buona serata!
— Buona notte. Io amo i neri!
— Questo mi ha toccato profondamente ora! Ma c'è una ragione speciale per questo? Qual è il tuo nome?
— Beh, il motivo è che io e mia sorella amiamo gli uomini, se capisci cosa intendo. Per quanto riguarda il nome, anche se questo è un ambiente molto privato, non ho nulla da nascondere. Il mio nome è Belinha. Piacere di averla conosciuta.
— Il piacere è tutto mio. Mi chiamo Flavio e sono molto gentile!
— Sentivo la fermezza nelle sue parole. Vuoi dire che il mio intuito è giusto?
— Non posso rispondere adesso perché questo porrebbe fine all'intero mistero. Come si chiama tua sorella?
— Il suo nome è Amelinha.
— Amelinha! Bel nome! Riesce a descriversi fisicamente?
— Sono bionda, alta, forte, capelli lunghi, culo grosso, seno medio, e ho un corpo scultoreo. E tu?
— Colore nero, un metro e ottanta centimetri di altezza, forte, maculato, braccia e gambe spesse, capelli lisci, bruciacchiati e volti definiti.
— Tu mi fai eccitare!

— Non preoccuparti. Chi mi conosce, non dimentica mai.
— Vuoi farmi impazzire adesso?
— Mi dispiace per quello, piccola! È solo per aggiungere un po' di fascino alla nostra conversazione.
— Tu quanti anni hai?
— Venticinque anni e i tuoi?
— Ho trentotto anni e mia sorella trentaquattro. Nonostante la differenza d'età, siamo molto vicini. Nell'infanzia ci siamo uniti per superare le difficoltà. Quando eravamo adolescenti, condividevamo i nostri sogni. E ora, nell'età adulta, condividiamo le nostre conquiste e frustrazioni. Non posso vivere senza di lei.
— Grande! Questa tua sensazione è molto bella. Sento il bisogno di conoscervi. È cattiva come te?
— In senso buono, è la migliore in quello che fa. Molto intelligente, bella ed educata. Il mio vantaggio è che sono più intelligente.
— Ma non vedo nessun problema. Mi piacciono entrambe le cose.
— Ti piace davvero? Sai, Amelinha è una donna speciale. Non perché sia mia sorella, ma perché ha un cuore gigante. Mi dispiace un po' per lei perché non ha mai avuto uno sposo. So che il suo sogno è sposarsi. Si è unita a me in una rivolta perché sono stato tradito dal mio compagno. Da allora, cerchiamo solo relazioni veloci.
— Ti capisco in pieno. Sono anche un pervertito. Tuttavia, non ho un motivo particolare. Voglio solo godermi la mia giovinezza. Sembrate delle brave persone.
— Grazie mille a tutti. Sei davvero di Arcoverde?
— Sì, sono del centro. E tu?
— Dal quartiere di San Cristoforo.
— Grande. Lei vive da solo?
— Sì. Vicino alla stazione degli autobus.

L'UOMO NERO

— Puoi ricevere una visita da un uomo oggi?
— Ci piacerebbe. Ma devi occuparti di entrambi. Va bene?
— Non ti preoccupare, tesoro. Posso farcela fino a tre.
— Ah, sì che lo sei! Vero!
— Arrivo subito. Può spiegarmi la posizione?
— Sì. Sarà un mio piacere.
— So dove si trova. Sto arrivando!

L'uomo nero ha lasciato la stanza e anche Belinha. Ne approfittò e si trasferì nella cucina dove incontrò sua sorella. Amelinha stava lavando i piatti sporchi per cena.

— Buona notte a te, Amelinha. Non ci crederai mai. Indovina chi viene qui?
— Non ne ho idea, sorella. Chi?
— Il Flavius. L'ho incontrato nella chat virtuale. Sarà il nostro intrattenimento oggi.
— E che aspetto ha?
— È l'Uomo Nero. Ti sei mai fermato a pensare che potrebbe essere bello? Quel pover'uomo non sa di cosa siamo capaci!
— Lo è davvero, sorella! Facciamola finita con lui.
— Cadrà, con me! - ha detto Belinha.
— No! Sarà con me - ha detto Amelinha.
— Una cosa è certa: con uno di noi cadrà, ha concluso Belinha.
— Questo è il vero! Perché non prepariamo tutto in camera da letto?
— Buona idea. Ti do una mano!

Le due insaziabili bambole andarono nella stanza lasciando tutto organizzato per l'arrivo del maschio. Appena hanno finito, sentono suonare la campana.

— È lui, sorella? - Ha chiesto ad Amelinha.
— Controlliamo insieme! - Ha invitato Belinha.
— Andiamo! Amelinha ha accettato.

Passo dopo passo, le due donne passarono la porta della camera da letto, passarono la sala da pranzo e poi arrivarono nel soggiorno. Sono andati verso la porta. Quando la aprono, incontrano l'affascinante e virile sorriso di Flavio.

— Buona notte! Va bene? Io sono il Flavio.

— Buona notte. Non c'è di che. Sono Belinha che ti stava parlando al computer e questa dolce ragazza accanto a me è mia sorella.

— Piacere di conoscerti, Flavius! - ha detto Amelinha.

— È stato un piacere. Posso entrare un attimo?

— Certo! - Le due donne hanno risposto contemporaneamente.

Lo stallone aveva accesso alla stanza osservando ogni dettaglio dell'arredamento. Cosa stava succedendo in quella mente bollente? Fu particolarmente toccato da ciascuno di questi esemplari femminili. Dopo un breve momento, guardò profondamente negli occhi delle due puttane dicendo:

— Sei pronto per quello che sono venuto a fare?

— Siamo pronti-Affermato gli amanti!

Il trio si fermò duramente e camminò a lungo fino alla stanza più grande della casa. Chiudendo la porta, erano sicuri che il paradiso sarebbe andato all'inferno in pochi secondi. Tutto era perfetto: La disposizione degli asciugamani, i giocattoli del sesso, il film porno giocare sul televisore a soffitto e la musica romantica vibrante. Niente potrebbe togliere il piacere di una grande serata.

Il primo passo è sedersi vicino al letto. L'uomo di colore iniziò a togliersi i vestiti delle due donne. La loro brama e sete di sesso era così grande che hanno causato un po' di ansia in quelle dolci signore. Si stava togliendo la maglietta mostrando il torace e l'addome ben allenati dall'allenamento quotidiano in palestra. I tuoi peli medi in tutta questa regione hanno attirato sospiri dalle ragazze. In seguito, si tolse i pantaloni permettendo la vista della sua biancheria intima Box di conseguenza mostrando il suo volume e la mascolinità. In questo momento, ha permesso loro di toccare l'organo, rendendolo più eretto. Senza segreti, gettò via le sue mutande mostrando tutto ciò che Dio gli aveva dato. Aveva ventidue centimetri di lunghezza, quattordici centimetri di diametro sufficiente a farli impazzire. Senza perdere tempo, gli sono caduti addosso. Hanno iniziato con i preliminari. Mentre uno ingoiava il suo cazzo nella sua bocca, l'altro leccava i sacchetti dello scroto. In questa operazione, sono passati tre minuti. Abbastanza da essere completamente pronto per il sesso.

Poi ha iniziato a penetrare nell'uno e poi nell'altro senza preferenze. Il ritmo frequente della navetta causò gemiti, urla e orgasmi multipli dopo l'atto. Sono stati 30 minuti di sesso vaginale. Ognuno metà delle volte. Poi hanno concluso con il sesso orale e anale.

Il fuoco

Era una notte fredda, buia e piovosa nella capitale di tutti i boschi di Pernambuco. Ci sono stati momenti in cui i venti davanti hanno raggiunto 100 chilometri all'ora spaventando le povere sorelle Amelinha e Belinha. Le due sorelle perverse si sono incontrate nel soggiorno della loro semplice residenza nel quartiere di San Cristoforo. Senza niente da fare, parlavano felicemente di cose generali.

— *Amelinha, com'è andata la tua giornata alla fattoria?*

— *La stessa cosa vecchia: ho organizzato la pianificazione fiscale dell'amministrazione fiscale e doganale, gestito il pagamento delle tasse, ha lavorato nella prevenzione e nella lotta dell'evasione fiscale. È un lavoro duro e noioso. Ma gratificante e ben pagato. E tu? Come era la tua routine a scuola? - Ha chiesto Amelinha.*

— *In classe, ho passato i contenuti guidando gli studenti nel miglior modo possibile. Ho corretto gli errori e ho preso due cellulari di studenti che disturbavano la classe. Ho anche dato lezioni di comportamento, postura, dinamiche e consigli utili. Comunque, oltre a essere un'insegnante, sono la loro madre. La prova è che, durante l'intervallo, mi sono infiltrato nella classe degli studenti e insieme a loro abbiamo giocato a campana. A mio avviso, la scuola è la nostra seconda casa e dobbiamo occuparci delle amicizie e dei legami umani che abbiamo da essa, ha risposto Belinha.*

— *Brillante, la mia sorellina. Le nostre opere sono grandi perché forniscono importanti costruzioni emotive e d'interazione tra le persone. Nessun essere umano può vivere in isolamento, figuriamoci senza risorse psicologiche e finanziarie, ha analizzato Amelinha.*

— *Sono d'accordo. Il lavoro è essenziale per noi in quanto ci rende indipendenti dal prevalente impero sessista nella nostra società, ha detto Belinha.*

— *Esattamente. Continueremo nei nostri valori e nei nostri atteggiamenti. L'uomo è buono solo a letto, ha osservato Amelinha.*

— *A proposito di uomini, cosa ne pensi di Christian? - chiese Belinha.*

— *Ha soddisfatto le mie aspettative. Dopo una tale esperienza, i miei istinti e la mia mente chiedono sempre di più generando insoddisfazione interna. Qual è la tua opinione? - Ha chiesto Amelinha.*

— *È stato bello, ma mi sento anche tu: incompleto. Sono a corto di amore e sesso. Ne voglio sempre di più. Cosa abbiamo per oggi? - ha detto Belinha.*

— *Ho finito le idee. La notte è fredda, buia e buia. Senti il rumore fuori? C'è molta pioggia, venti forti, fulmini e tuoni. Ho paura! - ha detto Amelinha.*

— *Anch'io! - Belinha ha confessato.*

In questo momento, un fulmine tuonante si sente in tutto Arcoverde. Amelinha salta nel grembo di Belinha che urla di dolore e disperazione. Allo stesso tempo, manca l'elettricità, che li rende entrambi disperati.

— E ora che facciamo? Cosa faremo Belinha? - Ha chiesto Amelinha.

— Togliti di dosso, stronza! Prendo le candele! - ha detto Belinha. Belinha ha gentilmente spinto sua sorella a lato del divano mentre toccava le pareti per arrivare alla cucina. Poiché la casa è relativamente piccola, non ci vuole molto per completare questa operazione. Con tatto, prende le candele nell'armadio e le accende con i fiammiferi posizionati strategicamente sopra la stufa.

Con l'accensione della candela, torna tranquillamente nella stanza dove incontra sua sorella con un misterioso sorriso spalancato sul suo volto. Che cosa aveva in mente?

— Tu puoi sfogarti, sorella! So che stai pensando qualcosa - Ha detto Belinha.

— E se chiamassimo i vigili del fuoco della città per avvertire di un incendio? Ha detto Amelinha.

— Mi faccia capire bene. Vuoi inventare un fuoco immaginario per attirare questi uomini? E se ci arrestano? - Belinha aveva paura.

— Il mio collega! Sono sicuro che adoreranno la sorpresa. Cosa c'è di meglio che devono fare in una notte buia e noiosa come questa? - ha detto Amelinha.

— Lei ha ragione, non è vero. Ti ringrazieranno per il divertimento. Spezzeremo il fuoco che ci consuma dall'interno. Ora, la domanda viene: Chi avrà il coraggio di chiamarli? - ha chiesto Belinha.

— Io sono molto timido. Lascio questo compito a te, mia sorella, ha detto Amelinha.

— Sempre io. Ok. Qualsiasi cosa accada, conclude Belinha. Alzandosi dal divano, Belinha va al tavolo nell'angolo dove è installato il cellulare. Chiama il numero di emergenza dei vigili del fuoco e aspetta una risposta. Dopo qualche tocco, sente una voce profonda e ferma che parla dall'altra parte.

— Buona notte. Questi sono i vigili del fuoco. Che cosa vuoi da me?

— Il mio nome è Belinha. Vivo nel quartiere di San Cristoforo qui ad Arcoverde. Io e mia sorella siamo disperate con tutta questa pioggia. Per vostra informazione, è andata via la corrente in casa nostra, ha causato un corto circuito, iniziando a dare fuoco agli oggetti. Per fortuna, io e mia sorella siamo usciti. Il fuoco sta lentamente consumando la casa. Ci serve l'aiuto dei pompieri, ha detto angosciata la ragazza.

— Vacci piano, amico mio. Saremo lì tra poco. Può fornire informazioni dettagliate sulla sua posizione? - Ha chiesto al vigile del fuoco in servizio.

— La mia casa è esattamente su viale centrale, terza casa sulla destra. Per voi va bene?

— So dov'è. Saremo lì tra pochi minuti. Calmarsi - ha detto il vigile del fuoco.

— Noi siamo in attesa. Grazie! - Ha ringraziato Belinha.

Tornando al divano con un ampio sorriso, i due si sono liberati dei cuscini e hanno sniffato con il divertimento che stavano facendo. Tuttavia, questo è sconsigliato a meno che non fossero due puttane come loro.

Circa dieci minuti dopo, sentirono bussare alla porta e andarono ad aprire. Quando hanno aperto la porta, hanno affrontato tre volti magici, ciascuno con la sua bellezza caratteristica. Uno era nero, alto un metro e ottanta, gambe e braccia medie. Un altro era scuro, alto un metro e novanta, muscoloso e scultoreo. Un terzo era bianco, basso, magro, ma molto affezionato. Il ragazzo bianco vuole presentarsi:

— Ciao, signore, buona notte! Il mio nome è Roberto.

L'UOMO NERO

L'uomo della porta accanto si chiama Matthew e l'uomo marrone, Philip. Quali sono i vostri nomi e dov'è il fuoco?
— Sono Belinha, ti ho parlato al telefono. Questa mora è mia sorella Amelinha. Entra e te lo spiego.
— Ok - Hanno preso i tre pompieri nello stesso momento.

Il quintetto entrò in casa e tutto sembrava normale perché l'elettricità era tornata. Si sistemano sul divano in soggiorno insieme alle ragazze. Sospettosi, fanno conversazione.
— Il fuoco è finito, vero? - chiese Matteo.
— Sì. Abbiamo già il controllo grazie a un grande sforzo- ha detto Amelinha.
— Peccato! Avevo voglia di lavorare. Lì alla caserma la routine è così monotona-ha detto Felipe.
— Mi è venuta un'idea. Che ne dici di lavorare in modo più piacevole? - ha suggerito Belinha.
— Vuoi dire che sei quello che penso? - Interrogato Felipe.
— Sì. Siamo donne single che amano il piacere. In vena di divertimento? - ha chiesto Belinha.
— Solo se te ne vai ora, rispose l'uomo nero.
— Sono dentro anche io, confermato Uomo bruna.
— Il ragazzo bianco è disponibile.
— Allora, diciamo le ragazze.

Il quintetto è entrato nella stanza condividendo un letto matrimoniale. Poi ha iniziato l'orgia sessuale. Belinha e Amelinha si sono alternati per assistere al piacere dei tre vigili del fuoco. Tutto sembrava magico e non c'era sensazione migliore che stare con loro. Con vari doni, hanno sperimentato variazioni sessuali e posizionali creando un quadro perfetto.

Le ragazze sembravano insaziabili nel loro ardore sessuale che cosa ha spinto quei professionisti pazzi. Hanno attraversato la notte facendo sesso e il piacere sembra non finire mai. Non se ne sono andati finché non hanno ricevuto una chiamata urgente dal lavoro. Si sono licenziati e sono andati a rispondere al rapporto della polizia. Tuttavia, non dimenticherebbero mai quella meravigliosa esperienza a fianco delle "Sorelle Pervertite".

Consultazione medica

E 'albeggiato sulla splendida capitale dell' entroterra. Di solito, le due sorelle pervertite si svegliavano presto. Tuttavia, quando si alzarono, non si sentivano bene. Mentre Amelinha continuava a starnutire, sua sorella Belinha si sentiva un po' soffocata. Questi fatti probabilmente provenivano dalla notte precedente in Piazza Virginia Guerra dove hanno bevuto, baciato sulla bocca e sniffato armoniosamente nella notte serena.

Poiché non si sentivano bene e senza forza per nulla, si sedettero sul divano pensando religiosamente a cosa fare perché gli impegni professionali erano in attesa di essere risolti.

– Che cosa facciamo, sorella? Ho il fiato corto e sono esausto, ha detto Belinha.

– Dimmelo! Ho mal di testa e sto iniziando a prendere un virus. Ci siamo persi! - Ha detto Amelinha.

– Ma non credo che sia un motivo per non lavorare! La gente dipende da noi! - Ha detto Belinha.

– Calmati, non facciamoci prendere dal panico! Che ne dici se ci uniamo al bello? - Suggerito Amelinha.

– Non dirmi che pensi quello che penso io... - Belinha era stupito.

– È vero, è vero. Andiamo dal dottore insieme! Sarà un ottimo motivo per perdere il lavoro e chissà non succede quello che vogliamo! - Ha detto Amelinha

– Grande idea! Allora, cosa stiamo aspettando? Prepariamoci! - chiese Belinha.

– Andiamo! - Amelinha ha accettato.

I due andarono nei rispettivi recinti. Erano così eccitati per la decisione; Non sembravano nemmeno malati. Era solo una loro invenzione? Perdonami, lettore, non pensare male ai nostri cari amici. Invece, li accompagneremo in questo nuovo emozionante capitolo della loro vita.

In camera da letto, facevano il bagno nelle loro suite, indossavano nuovi vestiti e scarpe, si pettinavano i capelli lunghi, si mettevano un profumo francese e poi andavano in cucina. Lì, hanno spaccato uova e formaggio riempiendo due pagnotte di pane e mangiato con un succo freddo. Tutto era molto delizioso. Anche così, non sembravano sentire perché l'ansia e il nervosismo di fronte alla nomina del medico erano giganteschi.

Con tutto pronto, hanno lasciato la cucina per uscire di casa. A ogni passo che facevano, i loro piccoli cuori pulsavano di emozioni pensando in un'esperienza completamente nuova. Che siano benedetti tutti! L'ottimismo ha preso loro ed era qualcosa essere seguito da altri!

All'esterno della casa, vanno in garage. Aprendo la porta in due tentativi, stanno davanti alla modesta macchina rossa. Nonostante il loro buon gusto per le auto, hanno preferito quelle popolari ai classici per paura della violenza comune presente in quasi tutte le regioni brasiliane.

Senza indugio, le ragazze entrano in auto dando l'uscita delicatamente e poi uno di loro chiude il garage tornando alla macchina subito dopo. Chi guida è Amelinha con esperienza già dieci anni. A Belinha non è ancora permesso guidare.

Il percorso molto breve tra la loro casa e l'ospedale è fatto con sicurezza, armonia e tranquillità. In quel momento, avevano la falsa sensazione di poter fare qualsiasi cosa. Contraddittoriamente, avevano paura della sua astuzia e della sua libertà. Essi stessi sono rimasti sorpresi dalle azioni intraprese. Non è stato per niente di meno che sono stati chiamati buoni bastardi troia!

Arrivati all'ospedale, hanno fissato l'appuntamento e hanno aspettato di essere chiamati. In questo intervallo di tempo, hanno approfittato di fare uno spuntino e scambiato messaggi attraverso l'applicazione mobile con i loro cari servi sessuali. Più cinico e allegro di questi, era impossibile essere!

Dopo un po', è il loro turno di farsi vedere. Inseparabili, entrano nell'ufficio assistenza. Quando succede, il dottore ha quasi un infarto. Davanti a loro c'era un raro pezzo di uomo: un biondo alto, alto un metro e novanta centimetri, barbuto, capelli che formano una coda di cavallo, braccia e seni muscolosi, volti naturali dall'aspetto angelico. Anche prima che potessero preparare una reazione, invita:

– Sedetevi, tutti e due!
– Grazie! - Hanno detto entrambe le cose.

I due hanno il tempo di fare una rapida analisi dell'ambiente: davanti al tavolo di servizio, il medico, la sedia in cui era seduto e dietro un armadio. Sul lato destro, un letto. Sulla parete, dipinti espressionisti dell'autore Cândido Portinari raffiguranti l'uomo della campagna. L'atmosfera è molto accogliente lasciando le ragazze a proprio agio. L'atmosfera di relax è spezzata dall'aspetto formale della consultazione.

– Ditemi come vi sentite, ragazze!

Sembrava informale per le ragazze. Com'era dolce quell'uomo biondo! Dev'essere stato delizioso da mangiare.

– Mal di testa, indisposizione e virus! - Ha detto Amelinha.
– Sono senza fiato e stanco! - Ha sostenuto Belinha.
– Va bene! Fammi dare un'occhiata! Sdraiati sul letto! - Il Dottore ha chiesto.

Le puttane respiravano a malapena a questa richiesta. Il professionista li ha fatti togliere parte dei loro vestiti e li ha sentiti in varie parti che hanno causato brividi e sudorazione fredda. Rendendosi conto che non c'era nulla di serio con loro, il guardiano scherzato:

- Sembra tutto a posto! Di cosa vuoi che abbiano paura? Un'iniezione nel culo?
- Mi piace! Se è una grande e spessa iniezione ancora meglio! - Ha detto Belinha.
- Vuoi applicare lentamente, amore? - Ha detto Amelinha.
- Stai già chiedendo troppo! - Ha notato il clinico.

Chiudendo attentamente la porta, cade sulle ragazze come un animale selvatico. Per prima cosa, toglie il resto dei vestiti dai corpi. Questo acuisce ancora di più la sua libido. Essendo completamente nudo, ammira per un momento quelle creature sculturee. Poi tocca a lui mettersi in mostra. Si assicura che si tolgano i vestiti. Questo aumenta l'interazione e l'intimità tra il gruppo.

Con tutto pronto, iniziano i preliminari del sesso. Usando la lingua in parti sensibili come l'ano, il culo e l'orecchio la bionda provoca mini orgasmi di piacere in entrambe le donne. Andava tutto bene anche quando qualcuno continuava a bussare alla porta. Non c'è via d'uscita, deve rispondere. Cammina un po' e apre la porta. Così facendo, incontra l'infermiera reperibile: un mulatto snello, con le gambe sottili e molto basso.

- Dottore, ho una domanda sui farmaci di un paziente: sono cinque o trecento milligrammi di aspirina? - Ha chiesto a Roberto mostrando una ricetta.
- 500! - Confermato Alex.

In quel momento, l'infermiera vide i piedi delle ragazze nude che cercavano di nascondersi. Ha riso dentro.

- Stai scherzando un po', eh, dottore? Non chiamare i tuoi amici!
- Scusa! Vuoi unirti alla banda?
- Mi piacerebbe un sacco!
- Allora entra lì dentro!

I due entrarono nella stanza chiudendo la porta dietro di loro. Più che velocemente, il mulatto si tolse i vestiti. Completamente nudo, mostrò il suo lungo, spesso, albero venoso come trofeo. Belinha era felice e presto gli stava dando sesso orale. Alex chiese anche ad Amelinha di fare lo stesso con lui. Dopo orale, hanno iniziato anale. In questa parte, Belinha trovato molto difficile da tenere a cazzo mostro dell'infermiera. Ma una volta entrato nel buco, il loro piacere era enorme. D'altra parte, non si sentivano alcuna difficoltà perché il loro pene era normale.

    Poi hanno fatto sesso vaginale in varie posizioni. Il movimento di avanti e indietro nella cavità causato allucinazioni in loro. Dopo questa fase, i quattro si uniscono in un sesso di gruppo. È stata la migliore esperienza in cui sono state spese le energie rimanenti. Quindici minuti dopo, erano entrambi esauriti. Per le sorelle, il sesso non sarebbe mai finito, ma buono come sono stati rispettati la fragilità di quegli uomini. Non volendo disturbare il loro lavoro, hanno smesso di prendere il certificato di giustificazione del lavoro e il loro telefono personale. Se ne sono andati completamente composti senza destare l'attenzione di nessuno durante l'attraversamento dell'ospedale.

    Arrivati al parcheggio, sono entrati in macchina e hanno iniziato la via del ritorno. Felici come sono, stavano già pensando al loro prossimo male sessuale. Le sorelle perverse erano davvero qualcosa!

Lezione privata

    Era un pomeriggio come un altro. I nuovi arrivati dal lavoro, le sorelle pervertite erano occupate con le faccende domestiche. Dopo aver terminato tutti i compiti, si sono riuniti nella stanza per riposare un po'. Mentre Amelinha leggeva un libro, Belinha ha utilizzato l'internet mobile per navigare nei suoi siti web preferiti.

    A un certo punto, il secondo urla ad alta voce nella stanza, che spaventa sua sorella.

    -Che cosa c'è, ragazza? Sei pazzo? - Chiese Amelinha.

-Ho appena avuto accesso al sito web dei concorsi con una grata sorpresa- informato Belinha.

-Dimmi di più!

-Le iscrizioni del tribunale federale regionale sono aperte. Che si fa allora?

-Buona idea, mia sorella! Qual è il salario?

- Più di diecimila dollari iniziali.

- Molto bene! Il mio lavoro è migliore. Tuttavia, farò il concorso perché mi sto preparando alla ricerca di altri eventi. Servirà da esperimento.

- Te la cavi benissimo! Tu mi incoraggi. Ora, non so da dove cominciare. Puoi darmi dei consigli?

- Acquistare un corso virtuale, fare un sacco di domande sui siti di prova, fare e rifare i test precedenti, scrivere riassunti, guardare suggerimenti e scaricare buoni materiali su Internet, tra le altre cose.

- Grazie! Accetto tutti questi consigli! Ma ho bisogno di qualcosa di più. Senti, sorella, visto che abbiamo i soldi, che ne dici se paghiamo per una lezione privata?

- Non ci avevo pensato. È una buona idea! Avete qualche suggerimento per una persona competente?

- Ho qui un insegnante molto competente di Arcoverde nei miei contatti telefonici. Guarda la sua foto!

Belinha ha dato a sua sorella il suo cellulare. Vedendo la foto del ragazzo, era estasiata. A parte il bello, era intelligente! Sarebbe una vittima perfetta della coppia unendo l'utile al piacevole.

-Che cosa stiamo aspettando? Vai a prenderlo, sorella! Dobbiamo studiare presto. - Amelinha ha detto.

- Hai capito! - Belinha accettato.

Alzandosi dal divano, ha cominciato a comporre i numeri del telefono sul tastierino numerico. Una volta fatta la chiamata, ci vorranno solo pochi istanti per avere una risposta.

- Ciao. È tutto a posto?
- È tutto fantastico, Renato.
- Cosa vuoi?
- Stavo navigando su Internet quando ho scoperto che le candidature per il concorso del tribunale regionale federale sono aperte. Ho chiamato la mia mente immediatamente come un insegnante rispettabile. Ti ricordi la stagione scolastica?
- Ricordo bene quella volta. Bei tempi quelli che non tornano!
- Questo è vero! Hai tempo di darci una lezione privata?
- Ma che conversazione, signorina! Per te ho sempre tempo! Che data dobbiamo fissare?
- Possiamo farlo domani a ore due? Dobbiamo cominciare!
- Certo che sì! Con il mio aiuto, dico umilmente che le possibilità di passare aumentano incredibilmente.
- Ne sono sicuro!
- Quanto bene! Puoi aspettarmi alle due.
- La ringrazio molto! Ci si vede domani!
- Ci vediamo più tardi!

Belinha appese il telefono e abbozzò un sorriso per la sua compagna. Sospettando la risposta, Amelinha chiese:
- Come è andata a finire?
- Ha accettato. Domani alle due sarà qui.
- Quanto bene! I nervi mi stanno uccidendo!
- Non ti agitare, sorella! Andrà tutto a posto.
- Amen!
- Vogliamo preparare la cena? Io ho già fame!
- Ben ricordato.!

La coppia è andata dal soggiorno alla cucina dove in un ambiente piacevole si parlava, si giocava, si cucinava tra le altre attività. Erano figure esemplari di sorelle unite dal dolore e dalla solitudine. Il fatto che fossero bastardi nel sesso li qualificava ancora di più. Come tutti sapete, la donna brasiliana ha sangue caldo.

Poco dopo, fraternizzavano intorno al tavolo, pensando alla vita e alle sue vicissitudini.
- Mangiando questo delizioso manzo stroganoff, ricordo l'uomo nero e i pompieri! Momenti che non sembrano mai passare! - Belinha ha detto!
- Ditemi! Questi ragazzi sono deliziosi! Per non parlare dell'infermiera e del dottore! Mi è piaciuto troppo! - Ricordato Amelinha!
- Abbastanza vero, sorella mia! Avere un bell'albero ogni uomo diventa piacevole! Che le femministe mi perdonino!
- Non dobbiamo essere così radicali...!

I due ridono e continuano a mangiare il cibo in tavola. Per un momento, non importava nient'altro. Sembravano essere soli al mondo e questo li qualificava come Dee della bellezza e dell'amore. Perché la cosa più importante è sentirsi bene e avere autostima.

Fiduciosi in sé stessi, continuano nel rituale di famiglia. Alla fine di questo palco, navigano su internet, ascoltano musica sullo stereo del soggiorno, guardano le soap opera e, più tardi, un film porno. Questa corsa li lascia senza fiato e stanchi costringendoli ad andare a riposare nelle loro rispettive stanze. Aspettavano con ansia il giorno dopo.

Non ci vorrà molto prima che cadano in un sonno profondo. A parte gli incubi, la notte e l'alba si svolgono all'interno della gamma normale. Appena arriva l'alba, si alzano e iniziano a seguire la normale routine: bagno, colazione, lavoro, ritorno a casa, bagno, pranzo, pisolino e trasferirsi nella stanza in cui aspettano la visita prevista.

Quando sentono bussare alla porta, Belinha si alza e va a rispondere. Così facendo, incontra l'insegnante sorridente. Questo gli causò una buona soddisfazione interna.
- Bentornato a casa, amico mio! Sei pronto a insegnarci?
- Sì, molto, molto pronto! Grazie ancora per questa opportunità!
- ha detto Renato.

- Entriamo! - Ha detto Belinha.

Il ragazzo non ci pensò due volte e accettò la richiesta della ragazza. Ha salutato Amelinha e al suo segnale, si è seduto sul divano. Il suo primo atteggiamento è stato quello di togliere la camicetta di maglia nera perché era troppo caldo. Con questo, ha lasciato la sua corazza ben lavorata in palestra, il sudore gocciolante e la sua luce scura. Tutti questi dettagli erano un afrodisiaco naturale per quei due "pervertiti".

Fingendo che non stesse accadendo nulla, iniziò una conversazione tra i tre.

- Hai preparato un buon corso, professore? - Chiese Amelinha.
- Sì! Cominciamo con quale articolo? - Ha chiesto Renato.
- Non lo so... - ha detto Amelinha.
-Che ne dici se prima ci divertiamo? Dopo che ti sei tolto la maglietta, mi sono bagnata! - Belinha confessato.
-Ho anche- Ha detto Amelinha.
- Voi due siete dei maniaci sessuali! Non è quello che amo? - ha detto il maestro.

Senza aspettare una risposta, si tolse il suo jeans blu mostrando i muscoli adduttori della coscia, i suoi occhiali da sole mostrando i suoi occhi blu e infine la sua biancheria intima mostrando una perfezione di pene lungo, medio spessore e con la testa triangolare. Bastava che le puttanelle cadessero in cima e cominciassero a godere di quel corpo virile e gioviale. Con il suo aiuto, si spogliarono e iniziarono i preliminari del sesso.

In breve, questo è stato un incontro sessuale meraviglioso dove hanno sperimentato molte cose nuove. Sono stati quasi quaranta minuti di sesso selvaggio in completa armonia. In questi momenti, l'emozione era così grande che non si accorgevano nemmeno del tempo e dello spazio. Pertanto, erano infinite attraverso l'amore di Dio.

Quando raggiunsero l'estasi, si riposarono un po' sul divano. Hanno poi studiato le discipline addebitate dalla concorrenza. Come studenti, i due erano utili, intelligenti e disciplinati, come ha notato l'insegnante. Sono sicuro che stavano andando ad approvare. Tre ore dopo, hanno smesso promettendo nuovi incontri di studio. Felici nella vita, le sorelle perverse vanno a prendersi cura dei loro altri doveri già pensando alle loro prossime avventure. Erano conosciuti in città come "L'insaziabile".

Test di concorrenza

È passato un po' di tempo. Per circa due mesi, le sorelle perverse si dedicavano al concorso in base al tempo a disposizione. Ogni giorno che passava, erano più preparati per tutto ciò che andava e veniva. Allo stesso tempo, ci sono stati incontri sessuali e in questi momenti sono stati liberati.

Il giorno del test era finalmente arrivato. Partendo presto dalla capitale dell'entroterra, le due sorelle cominciarono a percorrere l'autostrada BR 232 su un percorso totale di 250 km. Sulla strada, passarono dai punti principali dell'interno dello stato: Pesqueira, Belo Jardim, São Caetano, Caruaru, Gravatá, Bezerros e Vitória de Santo Antão. Ognuna di queste città aveva una storia da raccontare e dalla loro esperienza l'hanno assorbita completamente. Quanto è stato bello vedere le montagne, la foresta atlantica, la caatinga, le fattorie, le fattorie, i villaggi, le piccole città e sorseggiare l'aria pulita proveniente dalle foreste. Pernambuco era uno stato davvero meraviglioso!

Entrando nel perimetro urbano della capitale, celebrano la buona realizzazione del Viaggio. Prendere il viale principale per il quartiere buon viaggio dove avrebbero eseguito il test. Sulla strada, si trovano ad affrontare traffico congestionato, indifferenza da parte di estranei, aria inquinata e mancanza di guida. Ma alla fine ce l'hanno fatta. Entrano nel rispettivo edificio, si identificano e iniziano il test che durerà due periodi. Durante la prima parte del test, sono totalmente focalizzati sulla sfida di domande ha scelta multipla.

Ben elaborato dalla banca responsabile dell'evento, ha spinto le più diverse elaborazioni dei due. A loro avviso, stavano andando bene. Quando hanno preso la pausa, sono usciti per il pranzo e un succo in un ristorante di fronte all'edificio. Questi momenti sono stati importanti per loro per mantenere la loro fiducia, relazione e amicizia.

Dopo di che, sono tornati al sito di prova. Poi ha iniziato il secondo periodo dell'evento con problemi che si occupano di altre discipline. Anche senza mantenere lo stesso ritmo, erano ancora molto percettivi nelle loro risposte. Hanno dimostrato in questo modo che il modo migliore per passare concorsi è dedicando molto agli studi. Qualche tempo dopo, hanno concluso la loro partecipazione fiduciosa. Hanno consegnato le prove, sono tornati alla macchina, muovendosi verso la spiaggia situata nelle vicinanze.

Sulla strada, hanno suonato, acceso il suono, commentato la gara e avanzato per le strade di Recife guardando le strade illuminate della capitale perché era quasi notte. Si meravigliano dello spettacolo visto. Non c'è da stupirsi che la città sia conosciuta come la "Capitale dei tropici". Il tramonto con l'ambiente un aspetto ancora più magnifico. Che bello essere lì in quel momento!

Quando raggiunsero il nuovo punto, si avvicinarono alle rive del mare e poi si lanciarono nelle sue acque fredde e calme. Il sentimento provocato è estasiato dalla gioia, dalla soddisfazione, dalla soddisfazione e dalla pace. Perdere la cognizione del tempo, nuotano fino a stancarsi. Dopo di che, si trovano sulla spiaggia in luce delle stelle senza alcuna paura o preoccupazione. La magia li ha presi in mano brillantemente. Una parola da utilizzare in questo caso era "Incommensurabile".

A un certo punto, con la spiaggia quasi deserta, c'è un approccio di due uomini delle ragazze. Cercano di alzarsi in piedi e correre di fronte al pericolo. Ma sono fermati dalle braccia forti dei ragazzi.

— Vate bene, ragazze! Non ti faremo del male! Chiediamo solo un po' di attenzione e affetto! - Uno di loro ha parlato.

Di fronte al tono morbido, le ragazze risero di emozione. Se volevano il sesso, perché non soddisfarli? Erano maestri in quest'arte. Rispondendo alle loro aspettative, si alzarono e li aiutarono a togliersi i vestiti. Hanno consegnato due preservativi e fatto uno spogliarello. Non siamo riusciti a trovarti abbastanza velocemente!

Cadendo a terra, si amavano in coppia e i loro movimenti scuotevano il pavimento. Si sono permisero tutte le variazioni sessuali e i desideri di entrambi. A questo punto della consegna, non si preoccupavano di niente o di nessuno. Per loro, erano soli nell'universo in un grande rituale d'amore senza pregiudizi. Nel sesso, erano completamente intrecciati producendo un potere mai visto prima. Come gli strumenti, facevano parte di una forza più grande nella continuazione della vita.

Solo l'esaurimento li costringe a fermarsi. Completamente soddisfatti, gli uomini si licenziano e se ne va. Le ragazze decidono di tornare in macchina. Iniziano il loro viaggio di ritorno alla loro residenza. Totalmente bene, hanno portato con loro le loro esperienze e si aspettavano buone notizie sul concorso a cui hanno partecipato. Hanno sicuramente meritato la migliore fortuna del mondo.

Tre ore dopo, tornarono a casa in pace. Ringraziamo Dio per le benedizioni concesse andando a dormire. L'altro giorno stavo aspettando altre emozioni per i due maniaci.

Il ritorno dell'insegnante

Alba. Il sole sorge presto con i suoi raggi che passano attraverso le fessure della finestra andando ad arare i volti delle nostre care ragazze. Inoltre, la bella brezza mattutina ha contribuito a creare umore in loro. Com'è stato bello avere l'opportunità di un altro giorno con la benedizione del Padre. Lentamente, i due si stanno alzando dai rispettivi letti quasi allo stesso tempo. Dopo il bagno, il loro incontro si svolge nel baldacchino dove preparano la colazione insieme. È un momento di gioia, anticipazione e distrazione condividere esperienze in momenti incredibilmente fantastici.

Dopo la prima colazione è pronto, si riuniscono intorno al tavolo comodamente seduti su sedie di legno con uno schienale per la colonna. Mentre mangiano, si scambiano esperienze intime.

Belinha

Mia sorella, cos'era?

Amelinha

Pura emozione! Ricordo ancora ogni dettaglio dei corpi di quei cari cretini!

Belinha

Anch'io! Ho provato un grande piacere. Era quasi extrasensoriale.

Amelinha

Lo so! Facciamo queste cose folli più spesso!

Belinha

Sono d'accordo!

Amelinha

Ti piace la prova?

Belinha

Mi è piaciuto molto. Sto morendo dalla voglia di controllare la mia performance!

Amelinha

Anch'io!

Non appena hanno finito di nutrirsi, le ragazze hanno preso i loro telefoni cellulari accedendo a internet mobile. Sono stati alla pagina dell'organizzazione per verificare il feedback della prova. L'hanno scritto su carta e sono andati in camera per controllare le risposte.

All'interno, saltarono di gioia quando videro la buona

nota. Erano passati! L'emozione provata non poteva essere contenuta in questo momento. Dopo aver festeggiato molto, ha l'idea migliore: invitare il Maestro Renato in modo che possano celebrare il successo della missione. Belinha è di nuovo responsabile della missione. Prende il telefono e chiama.
Belinha
Ciao?
Renato
Ciao, stai bene? Come stai, dolce Belle?
Belinha
Molto bene! Indovina cos'è appena successo.
Renato
Non dirmi che...
Belinha
Sì! Abbiamo superato il concorso!
Renato
Le mie congratulazioni! Non te l'avevo detto?
Belinha
Voglio ringraziarvi molto per la vostra collaborazione in ogni modo. Mi capisci, vero?
Renato
Lo capisco. Dobbiamo inventare qualcosa. Preferibilmente a casa tua.
Belinha
È proprio per questo che ho chiamato. Possiamo farlo oggi?
Renato
Sì! Posso farlo stasera.
Belinha
meraviglia. Ti aspettiamo allora alle otto di notte.
Renato
ok. Posso portare mio fratello?
Belinha

Naturalmente!
Renato
A più tardi!
Belinha
Arrivederci!

La connessione termina. Guardando sua sorella, Belinha lascia uscire una risata di felicità. Curioso, l'altro chiede:
Amelinha
E allora? È venuto?
Belinha
Va tutto bene! Alle otto di stasera ci riuniremo. Lui e suo fratello stanno arrivando! Hai pensato nel sesso?
Amelinha
Non dirlo a me! Sto già pulsando di emozione!
Belinha
Che ci sia cuore! Spero che funzioni!
Amelinha
- È tutto sistemato!

I due ridono contemporaneamente riempiendo l'ambiente di vibrazioni positive. In quel momento, non avevo dubbi che il destino stesse cospirando per una notte di divertimento per quel duo maniacale. Avevano già raggiunto così tante fasi insieme che non si sarebbero indeboliti ora. Dovrebbero quindi continuare a idolatrare gli uomini come un gioco sessuale e poi scartarli. Questa era la razza minima che potesse fare per pagare le loro sofferenze. Infatti, nessuna donna merita di soffrire. O meglio, quasi ogni donna non merita dolore.

È ora di andare al lavoro. Lasciando la stanza già pronta, le due sorelle vanno al garage dove partono con la loro auto privata. Amelinha porta Belinha a scuola prima e poi parte per l'ufficio agricolo. Lì, trasuda gioia e racconta le notizie professionali. Per l'ap-

provazione del concorso, riceve le congratulazioni di tutti. La stessa cosa succede a Belinha.
 Più tardi, tornano a casa e si incontrano di nuovo. Poi inizia la preparazione per ricevere i tuoi colleghi. La giornata ha promesso di essere ancora più speciale.
 Esattamente all'ora prevista, sentono bussare alla porta. Belinha, la più intelligente di loro, si alza e risponde. Con passi fermi e sicuri si mette nella porta e lo apre lentamente. Al termine di questa operazione, visualizza la coppia di fratelli. Con un segnale dalla padrona di casa, entrano e si sistemano sul divano in salotto.
Renato
Questo è mio fratello. Si chiama Ricardo.
Belinha
Piacere di conoscerti, Ricardo.
Amelinha
Siete i benvenuti qui!
Ricardo
Vi ringrazio entrambi. Il piacere è tutto mio!
Renato
Sono pronto! Possiamo andare in camera?
Belinha
Dai!
Amelinha
Chi ottiene chi adesso?
Renato
Io scelgo Belinha io stesso.
Belinha
Grazie, Renato, grazie! Siamo insieme!
Ricardo
Sarò felice di stare con Amelinha!
Amelinha
Tremerai!

Ricardo
Vedremo!
Belinha
Allora che la festa abbia inizio!

Gli uomini posizionavano delicatamente le donne sul braccio portandole fino ai letti situati nella camera da letto di uno di loro. Arrivati sul posto, sono arrotondati i vestiti e cadono nei bellissimi mobili iniziando il rituale dell'amore in diverse posizioni, scambiano carezze e complicità. L'eccitazione e il piacere erano così grandi che i gemiti prodotti potevano essere ascoltati dall'altra parte della strada scandalizzando i vicini. Voglio dire, non tanto, perché sapevano già della loro fama.

Con la conclusione dall'alto, gli amanti tornano in cucina dove bevono succo con i biscotti. Mentre mangiano, chiacchierano per due ore, aumentando l'interazione del gruppo. Quanto è stato bello essere lì a conoscere la vita e a essere felici. La soddisfazione sta bene con te stesso e con il mondo che afferma le sue esperienze e i suoi valori prima degli altri portando la certezza di non poter essere giudicati dagli altri. Pertanto, il massimo che credevano fosse "Ognuno è la propria persona".

Al calar della notte, finalmente dicono addio. I visitatori partono lasciando i "Cari Pirenei" ancora più euforici quando si pensa a nuove situazioni. Il mondo continuava a girare verso i due confidenti. Che siano fortunati!

Fine

www.ingramcontent.com/pod-product-compliance
Lightning Source LLC
LaVergne TN
LVHW021050100526
838202LV00082B/5414